UN

BALLON D'ESSAI

UN
BALLON D'ESSAI

POÉSIES

PAR E. POREN

S'il fallait être exempt de tout, même péché
Pour jeter aux rimeurs la pierre,
Plus d'un méchant frondeur serait fort empêché,
Qui n'est poëte... à sa manière?

E. P

PARIS

J. CLAYE, IMPRIMEUR-LIBRAIRE

RUE SAINT-BENOIT, 7

1866

UN
BALLON D'ESSAI

HOMME SOUVENT VARIE.

Dialogue.

ALICE.

Vous m'affligez, Léon; oui, votre négligence
Démontre à mon égard par trop d'indifférence.
De moi vous paraissez ne plus vous souvenir:
Et, pour vous rencontrer, chez vous j'ai dû venir.
Est-ce une maladie, est-ce une grave affaire
Qui vous ont retenu? — j'en eusse été naguère
Prévenue aussitôt — ou bien dois-je penser
Déjà qu'une rivale a pu me remplacer?
Mais ne sauriez-vous pas un peu tenir en place?
Assez de promenade: assoyez-vous, de grâce!

LÉON.

A vos ordres : c'est fait.

ALICE.

Léon, écoutez-moi :
Jadis vous m'assuriez souvent de votre foi.
Mais aujourd'hui plus rien ; à bon droit je redoute
Que vous ne m'aimiez plus ; je souffre trop, je doute.
Je viens vous demander une explication :
Je la veux, j'en ai pris la résolution.
Oh! dites, dites-moi que vous m'aimez encore :
Voilà ce que de vous je demande, j'implore.
Mais ne pourriez-vous pas m'écouter un instant ?
Vous êtes tout distrait et sans cesse bâillant :
Il faut que votre esprit soit occupé d'une autre !

LÉON.

Mais non : c'est une erreur étrange que la vôtre.
N'êtes-vous donc ici que pour me quereller ?
Sur tout ce que je fais voulez-vous contrôler ?
Par ma foi ! nous formons un fort joli ménage :
On dirait des époux lassés du mariage !
D'où vient, en ce moment, votre mortelle aigreur ?

ALICE.

D'où vient, depuis longtemps, votre triste froideur?
Veuillez, Léon, daignez, un seul instant m'entendre..
Ce que je souffre, ici, vous devez le comprendre.
Moi qui vous vis naguère à mes pieds suppliant.
Et, malgré mes refus. sans cesse me priant.
Aurais-je cru qu'un jour je serais rebutée
Au point de ne pouvoir par vous être écoutée?
A votre attention encor je fais appel:
Cessez donc sur ce bois de battre le rappel
J'ai droit de m'étonner de votre indifférence:
Votre conduite. enfin. touche à l'impertinence

LÉON.

Eh bien! allons. parlez : il paraît que j'ai tort:
Puisque vous le voulez, je vous écoute fort.

ALICE.

Léon, vous souvient-il de votre ardeur première?
Mettant à me servir cette ardeur tout entière.
D'un cœur passionné vous aviez bien l'accent.
Et de m'aimer toujours vous faisiez le serment

Je voulais résister malgré votre tendresse :
Il fallut que ma peur cédât à votre ivresse.
Et je fus toute à vous. Hélas! dès cet instant
Votre amour s'affaiblit; le mien allait croissant !

LÉON.

Que voulez-vous? tout passe et meurt dans la nature :
La plus belle des fleurs se flétrit et ne dure
Que le temps d'un matin. — Si l'amour est un feu,
C'est un feu dévorant, qui brille, mais vit peu. —
Faudra-t-il, qu'employant une perfide adresse,
Je simule à vos yeux une feinte tendresse?
Devrai-je auprès de vous jouer la passion?
A mon tour je demande une explication.

ALICE.

Ah! vous bannissez bien tout détour, toute feinte :
Vous frappez rudement sans remords et sans crainte.
Trop confiante en vous, j'espérais échapper
Au sort commun; pardon, d'avoir pu m'y tromper!
Hélas! il est trop vrai : pauvre femme qui tombe,
Sous le poids du malheur ou tôt ou tard succombe

En vain elle a trompé le monde et son mari.
C'est en vain qu'elle pense être bien à l'abri :
Elle sera punie, et, pour peine suprème,
Le vengeur de l'époux sera l'amant lui-même.
Homme souvent varie! et la possession,
Terme de ses désirs, brise sa passion.
Pour m'attacher à vous, vaincre ma résistance,
N'aviez-vous point promis éternelle constance?
Que sont donc devenus tous vos beaux sentiments?
Que faites-vous aussi de tous vos beaux serments?
Le passé devient-il pour vous chose frivole?
Se peut-il que si tôt l'amour fuie et s'envole?
L'objet qu'on a longtemps ardemment convoité
Le dédaigner si vite, au rebut rejeté!

LÉON.

Au début, on a beau tout jurer, tout promettre :
Plus que l'amour encor le temps est notre maître.
Le temps, de nos désirs d'abord instigateur,
Puis de nos passions incessant destructeur.

ALICE.

Ainsi je me serai tout entière donnée,
Pour être entièrement si tôt abandonnée!

1.

LÉON.

A défaut de l'amour acceptons l'amitié.
De notre liaison la seconde moitié.

ALICE.

Je ne puis pas encor comprendre ces paroles :
Qui parle donc ainsi ? quel changement de rôles !
Moi-même aussi d'abord j'offris mon amitié,
Et vous m'avez fléchie au nom de la pitié.
Vous le juriez alors : à moi toute votre âme :
Et vous me promettiez une éternelle flamme !
Vous qui m'avez perdue et qui me délaissez,
Qui m'avez entrainée et qui me repoussez.
Vous êtes infidèle et vous êtes parjure !

LÉON.

De serments vous parlez trop souvent, je vous jure :
C'est l'amour qui les tient, ils meurent avec lui.
Nuls et de nul effet, quand l'amour s'est enfui.
Les serments solennels que les époux prononcent,
Eux-mêmes les tient-on ? que d'époux y renoncent !

ALICE.

Ce n'était point à vous à me le reprocher.
Lorsque ce n'est que vous qui m'avez fait pécher.
Contre ce dernier trait je reste sans défense :
Mais que vous savez faire une mortelle offense !
Après avoir trahi ma famille et l'honneur.
Mon seul refuge était, Léon, dans votre cœur :
A la voix du devoir quand le remords m'accuse.
Votre amour si pressant, voilà ma seule excuse.
C'est vous qui m'accablez de mots injurieux :
Vous qui cherchiez jadis un regard de mes yeux,
Qu'on voyait implorant un seul mot de ma bouche,
Aujourd'hui, jour affreux ! rien de moi ne vous touche !
Pourquoi donc, m'enivrant de songes vains et faux.
M'avez-vous enlevé mon calme et mon repos ?
Le voile est déchiré ! de cet amour funeste
C'est le désespoir seul, c'est la honte qui reste !

LÉON.

Obéir en aimant au penchant de son cœur.
N'est-ce point ici-bas le suprême bonheur ?

Ah! ne regrettez point un destin trop vulgaire
Et l'uniformité de la vie ordinaire.
Enviez-vous le sort et le pauvre renom
De la femme qui n'a de femme que le nom?
De sa vertu farouche elle fait étalage.
Et serait plus aimable étant un peu moins sage:
Plus modestes souvent sont ses frêles appas.
Elle est trop fière alors qu'on ne l'attaque pas.
Qu'ennuyé, son mari la délaisse et se lasse.
Madame de ce monstre arrêtera l'audace:
Qu'il apprenne comme elle à borner ses désirs:
Toujours la même tâche et les mêmes plaisirs.
Ils ont l'air du cheval, misérable haridelle.
Qui fait tourner d'un puits la lourde manivelle:
On lui bande les yeux, dans un cercle tracé.
C'est à grands coups de fouet qu'on le pousse harassé.

Loin de nous cette vie! usons de ta richesse,
Printemps délicieux d'amour et de jeunesse :
L'amour est ici-bas le principal trésor.
Usons de nos beaux jours et de notre âge d'or.
Avec son doux parfum, sa corolle azurée.

Dédaigne-t-on la fleur pour sa courte durée?
Quand les fleurs, le soleil, font resplendir les champs,
Laissons dans leurs comptoirs s'enrichir les marchands:
Pour nous, les pieds dans l'herbe, à l'abri du feuillage,
Cherchons dans les grands bois le mystère et l'ombrage'
Et puis, après l'été, l'hiver pourra venir:
Nous garderons, du moins, un joyeux souvenir.

ALICE.

Que ne retracez-vous la plus sombre peinture
De la femme coupable, adultère et parjure,
Qui, foulant à ses pieds son devoir et sa foi,
Traîne partout son crime et sa peine avec soi?
Son supplice éternel, il n'est rien qui l'abrége:
Le remords implacable à toute heure l'assiége.
Plus de repos jamais; sans cesse il faut trembler.
Car le moindre hasard pourrait tout dévoiler.
La nuit même, la nuit, aux chagrins salutaire.
N'apporte point de calme à l'épouse adultère.
Qui craint de se trahir, parlant dans son sommeil.
Inquiète le soir, anxieuse au réveil!
Cependant le vertige a saisi cette femme :

Comme le papillon attiré par la flamme,
De son amour funeste elle aime le danger :
Quel que soit le péril rien ne peut la changer.
Sa folle passion la fascine et l'entraîne,
Jusqu'à ce qu'elle y trouve et sa perte et sa peine.
Femmes qu'on veut séduire, ah ! fuyez cet amour :
Dès le premier pas fait, il n'est plus de retour :
Fuyez de cet enfer l'indicible souffrance.
Ou, dès le seuil, quittez, quittez toute espérance.
Adieu !

LÉON.

Moi, je ne dis, Alice, qu'au revoir :
Nous resterons amis, j'en conserve l'espoir. —
Elle part en courroux. — La femme est singulière !
Sa tendresse est vraiment trop longue, trop entière :
Elle ne conçoit pas qu'on puisse se lasser,
Et l'on a bien du mal à s'en débarrasser. —
Je suis, ma foi ! peiné de la peine d'Alice :
Mais voici bientôt l'heure, allons trouver Clarisse.

HISTOIRE.

Courtisans du passé, proneurs du bon vieux temps.
Vous réservez pour lui vos éloges constants;
Trop peu des maux passés on garde la mémoire;
Pour venger le présent, il suffit de l'histoire.

En ce bon vieux temps-la régnait le bon plaisir;
Le roi pouvait le bien ou le mal à loisir.
Louis le Bien-Aimé, maltôtier de farine,
Osait participer au pacte de famine.
La Bastille entravait la moindre liberté;
Par lettre de cachet on s'y trouvait jeté.
Le ministre pouvait tout oser et tout faire,
Même, comme Dubois, se vendre à l'Angleterre.
La maîtresse appuyait le ministre galant.

Qui payait sans vain bruit ses acquits au comptant.
Plaindre le peuple était audace libertine :
On chassait Fénelon, Vauban, Turgot, Racine;
On voyait à la fois Voltaire bâtonné,
Chalotais en prison et Lally bâillonné.

C'était le bon vieux temps aussi du privilége:
Les abus défilant formaient un long cortége :
Seuls possesseurs du sol, seuls d'impôt exemptés,
Les nobles avaient seuls charges ou dignités.
Aux nobles seuls emplois, commandements, services,
Aux bâtards de haut lieu prébendes, bénéfices.
De quel mérite inné brillaient donc ces seigneurs,
D'ennemis primitifs devenus serviteurs?
Pour elle réservant leur entière tendresse,
Les rois n'étaient-ils donc que rois de la noblesse?
Par la grâce de Dieu tout inspirés, ces rois
Croyaient-ils leurs élus transformés par leur choix?
Favoris de la cour, sinon de la victoire,
Soubise et Villeroy ne perdront point leur gloire!
Comme intrus s'imposant, on supportait Fabert,
Catinat, ces vilains, comme Jean Bart, Chevert!

Mais, quand nobles et rois tombaient en défaillance,
Jeanne Darc, peuple en tout, venait sauver la France ! —
Les emplois s'obtenaient encore à prix d'argent :
On achetait fort bien un titre, un régiment,
Un office inutile ou la magistrature. —
Payer au roi l'impôt c'était vile roture :
Le noble combattait, le haut clergé priait,
Et, taillable à merci, le vilain seul payait.
Aussi, nobles seigneurs, soutiens de la couronne,
C'est par défaut d'argent que s'écroula le trône.
Vous pouviez, au début, en consentant l'impôt,
Sauver votre bon roi... qu'il périsse plutôt !

C'était le bon vieux temps aussi des courtisanes,
Des mignons favoris, des royales sultanes.
Pour preuves, relisez le duc de Saint-Simon :
Au-dessus du grand roi régnait la Maintenon.
C'est elle qui, faisant casser l'édit de Nantes,
Ordonnait des rigueurs, cruautés étonnantes.
En guerre, en politique, on connaît les exploits
Et de Cotillon deux et de Cotillon trois.
Le Parc-aux-Cerfs enfin couronnait l'édifice.

La fidèle noblesse imitait tout ce vice,
Mais frondait quand les rois préféraient, éhontés,
A de nobles appas de bourgeoises beautés :
Car les rois devaient bien à leur bonne noblesse
L'honneur et le profit d'y prendre leur maîtresse!
Sous Louis Seize même, un Rohan amoureux
Et plein d'ambition, par un collier fameux.
Espérait acheter les faveurs de la reine,
Qui des dehors au moins prenait trop peu de peine. —
Les petites maisons, construites avec art.
Recevaient les Arnould, les Duthé. les Gueymard.
Lauzun. Riom. Fronsac, les roués et de Sade.
Delorme et de Lenclos. oh! la belle pléiade! —
On nous a trop vanté le vieil honneur perdu
Et les antiques mœurs; l'histoire a répondu.

En ce temps-là. brillaient les abus de l'Église.
Qui croyait toute chose à sa grandeur permise.
Le haut clergé n'était que noblesse en rochet,
Le droit d'aînesse ainsi payant chaque cadet.
En ce temps les dragons convertissaient en masse:
Port-Royal démoli tombait de par la grâce.

Calas mourait roué sans la moindre raison.

La Barre exécuté sur un simple soupçon.

Vainqueur de Jansénius, le tout-puissant jésuite.

Ruiné par la mer, se mettait en faillite :

Le directeur des rois, le maître du clergé.

Fut, comme Pharaon, par les flots submergé.

Le temps présent, dit-on. pour l'argent se ravale :

Faut-il vous rappeler un antique scandale.

Quimcampoix confondant les seigneurs, les laquais.

L'État s'associant avec Law l'Écossais?

Non, jamais on ne vit pareil dévergondage.

Jamais plus éhonté ne fut l'agiotage.

Que d'argent absorbaient les fermiers généraux.

La dîme, la corvée et les droits féodaux !

Des règlements sans fin de jurande et maîtrise

Entravaient le travail, l'industrie incomprise.

Des barrières partout : le commerce arrêté

Tombait à chaque pas rançonné. maltraité.

Point d'unité non plus : à part. chaque province

Montrait son privilége. octroyé par le prince.

Elle-même la loi changeait suivant les lieux,
Constante en cruautés, supplices odieux.

Pour ce bon vieux temps-là. pour cet ancien régime.
Des nobles je conçois le regret légitime:
Mais qu'un bourgeois, laïque, aime des temps si chers.
C'est l'esclave affranchi qui regrette ses fers.

VOYAGE.

Je viens de visiter un coin du Morbihan,
Pays naguère encor fanatique et chouan :
Sainte-Anne, Auray, Carnac, Quiberon, de compagne,
Résument dans ce coin l'histoire de Bretagne.

A Quiberon, j'ai vu le rivage fameux
Où furent massacrés les nobles fils des preux.
Ils osaient attaquer la grande République,
Quand elle remplissait l'Europe de panique.
Triste champ de bataille ! où, seul, le sang français
Par tous pores coula, comme l'honneur anglais ;
Où, pour ne savoir pas user de la victoire,
Les vainqueurs ont laissé de sang tacher leur gloire !
A terre respectons l'ennemi désarmé,
Où le vaincu se lève en martyr transformé :

Épargnons les vaincus, quelle que soit la guerre.
Même des émigrés. armés par l'Angleterre.

Non loin d'Auray, j'ai vu la place du combat
Qui de Montfort et Blois termina le débat :
La fortune à Montfort se déclara propice,
Mais Blois eut pour champion Duguesclin dans la lice.
O terre de Bretagne, ô terre de héros,
Combien de grands guerriers dans ton sein sont éclos
De tes nobles enfants sois orgueilleuse et fière,
Ils ont sauvé la France à son heure dernière !
Ils ont porté bien haut la gloire de ton nom,
Ces vainqueurs des Anglais. Beaumanoir et Clisson.
Duguesclin, Richemond, ces deux grands connétables,
Sauveurs, pour la patrie à jamais respectables !
Mais pourquoi de nos jours Puisaye et Cadoudal.
Leurs guerres de chouans et leur esprit fatal?
C'est assez des malheurs nés des guerres civiles,
N'appelons point encor l'étranger dans nos villes.

Mais quittons des combats les pensers belliqueux :
Voyons Carnac, débris de nos temps fabuleux.

Et ses rocs alignés, ouvrages des druides,
Monolithes géants, grossières pyramides.
Menhirs, blocs de granit, en cercle, en rangs pressés.
Quel grand art, quelle idée, ainsi vous ont dressés?
Rochers cyclopéens, dites-nous les mystères
Des Celtes du vieux temps, des druides nos pères.
Vîtes-vous, temple ouvert à la face des cieux.
Verser le sang humain, holocauste pieux?
Fûtes-vous des puissants les tombes solennelles,
Célébrant leurs hauts faits en lettres immortelles?
En ces lieux Velléda, portant le gui sacré,
A-t-elle offert aux dieux le rameau vénéré?

Par miracle trouvée une sainte relique,
Sainte Anne à ses autels attire l'Armorique.
Ses fils en leurs dangers l'implorent confiants,
Pour leurs péchés aussi l'implorent suppliants :
Et, le jour du pardon, au bruit des saints cantiques
Les pèlerins du temple inondent les portiques.
Partout des ex-voto, des cierges, des tableaux
Témoignent que sainte Anne a guéri bien des maux.

Hélas! pourquoi faut-il, finissant ma tournée,
Retrouver Quiberon et sa triste journée?
A vos nobles champions, Bourbons reconnaissants,
Vous dressez des autels, marbres resplendissants!
Pourquoi des monuments à la guerre civile?
On en dresse aussi pour Juillet qui vous exile!
Trop heureux les Bourbons, si ce seul monument
Eût jamais témoigné de leur ressentiment!
Trop heureux le pays, si la reconnaissance
Fût rentrée avec eux, seule, sans la vengeance,
S'ils n'eussent point cherché d'autre expiation! —
Mil huit cent quinze a vu dure réaction.
Rouge ou blanche Terreur, toutes deux fanatiques,
Puissions-nous ne plus voir vos actes frénétiques!
Devant la rouge, au moins, l'étranger s'est enfui;
La blanche combattait et rentrait avec lui. —
Fils des simples chouans, heureux par leurs défaites,
N'êtes-vous point contents des modernes conquêtes?
Devenus les égaux de vos antiques chefs,
Vous êtes affranchis; vos pères étaient serfs.

Chaque parti commet, puis blâme même crime:

Chacun est à son tour le bourreau, la victime :
Vainqueurs, on tranche, on règne en maîtres absolus ;
Vaincus pour trop d'excès, on blâme même abus.

SONNET.

Bourreaux, que la pitié ne sut jamais toucher,
De vos hideux exploits la honte est infinie :
Barbares, qui menez Jeanne Darc au bûcher,
Vous assurez sa gloire et votre ignominie.

Cruels, qui déchirez, lié sur son rocher,
Le nouveau Prométhée, expiant son génie,
Voyez donc l'infamie à vos noms s'attacher :
Combien votre mémoire est à bon droit honnie !

La Saint-Barthelemy ne récolta qu'horreur :
Dans le sang a sombré l'héroïque Terreur :
La cruauté revolte et sa cause est perdue.

A toi la grandeur vraie, ô magnanime Henri !
A ton front généreux double couronne est due :
Tu triomphas d'abord ; ton nom reste chéri.

SONNET.

Pourquoi si loin de nous a-t-on placé l'Enfer?
Il se trouve ici-bas avec tous ses supplices:
En nos cœurs endurcis habite Lucifer:
Les vrais démons ce sont les passions, les vices.

L'ennemi des humains est l'homme au cœur de fer.
Point n'est besoin d'un diable, habile en maléfices.
De nos méfaits naquit notre destin amer;
Chacun au mal d'autrui va cherchant bénéfice.

Cependant nul de nous, ou victime ou bourreau,
N'aspire de la vie à jeter le fardeau:
On veut jusqu'à la lie avaler le calice.

Des jours faits pour souffrir paraissent précieux.
Ingrats! nous maudissons notre libératrice,
La mort, fin des douleurs, est le seul don des cieux

ODE

Nous t'adorons, ò Christ! Ta divine parole
Créa pour les mortels un céleste symbole;
Car c'est toi qui l'a dit : Hommes, entr'aimez-vous;
Enfants du même Dieu, vous êtes frères tous.

Nous t'admirons, ò Christ! Pauvre tu voulus vivre;
Tu dédaignas les biens dont tout homme s'enivre.
Le démon fit en vain effort pour te tenter:
Pauvre tu voulus vivre, humble tu sus rester.

Nous t'aimons, ò doux Christ! Ta bonté nous attache;
Elle brille à nos yeux d'une beauté sans tache.
Puissions-nous, comme toi, sans murmure souffrir.
Comme toi pardonner, et sans crainte mourir.

Nous vénérons, ô Christ. ton sublime Évangile :
C'est un flambeau sans fin qui jamais ne vacille.
Heureux qui sait aimer. qui sait suivre tes lois.
Tu domines le monde. élevé sur ta croix.

ODE.

Les cieux démontrent Dieu : tout nous annonce un maître;
Tout proclame sa gloire et nous le fait connaître.
Tout, de la moindre mousse aux cèdres imposants.
Et la suite sans fin des êtres renaissants.

Qui t'imposa tes lois, immuable nature ?
Qui fixa de tes corps la savante structure?
Bel ordre si constant. où règne un si grand art.
Tu confonds notre esprit — rien ne vient du hasard.

Créateur incréé. je ne puis te comprendre:
L'infini. l'éternel, je ne sais les entendre.
Homme, si tu ne peux regarder le soleil.
Prétends-tu contempler le Maître sans pareil?

Dieu qui créa notre âme, et qui la fit si belle,
Ne la détruira point; cette œuvre est immortelle.
S'il donna conscience et du bien et du mal,
C'est pour en rendre compte à son saint tribunal.

STANCES

PENSÉES ET CARACTÈRES

STANCES.

I.

Chacun, comme dit Sterne, enfourche son dada.
Et galope, trouvant sa bête sans égale :
L'un préfère Pégase, et l'autre Bucéphale ;
Chacun caracolant, parade ou parada.

Mettez l'oncle Toby sur ses anciens faits d'armes.
Il part à fond de train, il ne s'arrête plus.
Le don Quichotte ardent, courant sus aux abus.
Pique sa Rossinante. à nous remplir d'alarmes.

La femme est à tout homme un dada plein d'appas.
Toute femme, à son tour, médisante et coquette.
Des femmes poursuivant les actes, la toilette.
Enfourche le dada qui doit les mettre à bas.

II.

On serait trop heureux de pouvoir, au besoin,
Dans les leçons d'autrui puiser l'expérience:
On pourrait éviter le mal prévu de loin.
Ce n'est qu'à ses dépens qu'on a cette science.

On connaît les malheurs causés par Cupidon;
Mais qui donc de l'amour évite les souffrances?
L'ambition souvent souffrit de tristes chances;
Qui donc avant la chute en a fait l'abandon?

L'enfant ne veut point croire au danger de la flamme,
Il faut qu'il soit brûlé pour en être assuré :
Pour être homme complet, et du corps et de l'âme,
Il faut avoir souffert, il faut avoir pleuré.

III.

Vivras-tu donc toujours. monstre du fanatisme.
Toi qui l'un contre l'autre armes les citoyens ?
Frapperas-tu toujours la raison d'ostracisme.
En employant la fourbe et de méchants moyens?

Tu ne connais que haine et ne veux que sectaires.
Et ton baiser de paix n'est qu'une trahison.
C'est toi qui, de nos jours, aux mains des prolétaires
Mets un fatal fusil, trop souvent sans raison.

Tu marches appuyé sur la sombre ignorance.
A la mine farouche, au regard hébété :
Mais tu seras vaincu par l'humble tolérance.
O toi ! l'ennemi né de toute liberté.

IV.

L'égoïste ne doit jamais intéresser :
Dans ses propres besoins il sait trop se restreindre :
S'il est mal, tout est mal : il faut tout renverser :
S'il est bien, tout est bien : on a tort de se plaindre.

C'est un laid porc-épic, hérissé de ses dards.
Qu'importe pour autrui la douleur, la souffrance ?
Le mal de ses voisins est pour lui jouissance :
Son cœur reste pour tous fermé de toutes parts.

Pour lui point de famille, elle est trop onéreuse :
Pour lui point d'amitié, sinon avantageuse.
Voulez-vous avec lui demeurer toujours bien ?
Faites tout ce qu'il veut, ne lui demandez rien.

V.

Amateur forcené de la plaisanterie,
Entiché de dispute et de taquinerie.
Cléon immole tout à l'amour d'un bon mot :
Son bel esprit n'est plus que l'attribut d'un sot.

Il s'agite, il se taille une rude besogne.
Pour se faire traiter en bouffon sans vergogne.
Persifleur impudent, enragé médisant,
Il croit être admiré: c'est un mauvais plaisant.

Lui qui raille sans fin, même un défaut physique.
Sur lui-même il ne peut supporter la critique.
Il sème la discorde, en tout temps, en tout lieu;
C'est un serpent sifflant; c'est un fléau de Dieu.

VI.

Évitons avec soin l'humeur atrabilaire,
Qui grogne à tout propos, met le trouble au logis :
Sur de mesquins objets sa mesquine colère
S'exaltant sans relâche, excite le mépris.

Combien est-il de gens. aimables dans le monde,
Et sachant s'y montrer polis et gracieux.
Qui gardent au logis une humeur furibonde,
Heureux partout ailleurs, misérables chez eux?

Ils n'ont pour leurs amis qu'inconvenance et rage.
Disant que toute gêne empêche le plaisir;
Pour les seuls étrangers on est bon, on est sage;
Chaque jour pour les siens on n'a pas ce loisir.

VII.

L'homme n'est qu'un pantin, un vrai Polichinelle,
Dont la femme d'abord tient, tire la ficelle ;
Mesdames, seulement ne tirez pas trop fort,
Vous le ferez mouvoir ainsi sans grand effort.

L'ambition, plus tard, saisit Polichinelle :
O grands! c'est vous alors qui tenez la ficelle.
Mais n'allez pas tomber, il vous donnerait tort :
Plus de Polichinelle, il sait faire le mort.

La vanité toujours a mû Polichinelle :
Elle peut tirer fort sans casser la ficelle.
Polichinelle, affreux, bossu, les membres tors,
Se croit charmant, parfait, au dedans, au dehors.

VIII.

Ce pédant qui, du haut de sa cravate blanche,
A froid passionné, d'un ton sentencieux,
Pérore affirmatif, et taille, et rogne et tranche,
C'est positivement un homme sérieux !

Voyez cet hypocrite, il sait plier l'échine :
Ce plat valet des grands, rampant, obséquieux,
Qui ne suivit jamais que leur bonne doctrine,
Fait son chemin; encore un homme sérieux !

Vous, qui riez, chantez, aimez d'un cœur sensible,
Qui n'êtes point toujours d'intérêt soucieux,
Qui ne savez point feindre et tromper, impassible,
Allez! vous n'êtes point un homme sérieux.

IX.

Ne nous engouons point de l'état de nature ;
De l'homme primitif on faussa la peinture.
De subtiles raisons point ne faut se payer :
Les faits sont les appuis dont on doit s'étayer.

Le nègre fait trafic de ses frères esclaves ;
Le Peau-Rouge est sans doute un chasseur des plus braves.
Mais, négligeant la terre et privé de bestiaux,
Affamé, misérable, il souffre mille maux.

Voyez, dans l'Océan, ces îles de sauvages :
Ils sont, sans industrie, affreux anthropophages.
Réduits, pour subsister, à se manger entre eux. —
Les gens civilisés ne valent-ils pas mieux ?

V.

Concitoyens, pourquoi tant d'amour des richesses,
Au prix de tant d'efforts, de soucis , de bassesses?
Pour vivre indépendants est-ce nécessité
Qui vous fait agir? Non, c'est pure vanité.

Hélas! la vanité n'est jamais assouvie;
Un luxe au-dessus d'elle excite son envie :
Les riches, pour briller, se jalousent entre eux,
Et, pour se surpasser, ils restent besoigneux.

Vous, femmes, qu'enlaidit un excès de parure,
Qui vous créez ainsi des besoins sans mesure,
Pourquoi tant de toilette et tant d'avidité?
Vanité, vanité, tout n'est que vanité.

XI.

Riche, veux-tu jouir, dans un paix entière,
De tes biens assurés, de ta prospérité?
Songe à diminuer l'ignorante misère;
Aîné, fais une part pour le déshérité.

C'est le hasard souvent, ou la seule naissance.
Qui vous fit à tous deux un sort si différent.
Tu n'es pas à l'abri de la mauvaise chance:
Pour toi-même, secours à ton frère souffrant!

La misère, aux abois, vaste océan qui gronde,
Dont les flots agités montent, montent toujours.
Menace d'envahir, de submerger le monde,
En renversant les murs opposés à son cours.

XII.

Filles pauvres, je plains vos douleurs trop amères,
Vous dont on méconnait le tendre cœur aimant.
Pourquoi voulez-vous donc être épouses et mères?
Sans dot. il faut éteindre en vous le sentiment.

Si l'on vous permettait de l'homme les labeurs
Et les professions. vous sauriez bien, vaillantes.
Conquérir votre place en dépit des menteurs :
On ne vous veut, hélas! que belles et galantes.

Loin de vous les désirs: brisez, broyez vos cœurs;
Languissez sans amour, semblables à ces fleurs
Qu'on voit dans nos maisons; pauvrettes exilées
Qui. faute d'un air pur, penchent étiolées.

XIII.

Le duel, à bon droit, s'est vu partout proscrire :
Mais tout n'est ici-bas que contradictions.
La guerre est en honneur, ce fléau cent fois pire.
La guerre, ce duel entre les nations !

On ne songe à traiter qu'après un long carnage :
Que ne fait-on avant ce que l'on fait après ?
De si grands désaccords veulent un arbitrage ;
Il faut, en permanence, à l'Europe un congrès.

Par la force imposés les traités sont sans force,
Le vaincu dépouillé ne veut que se venger ;
C'est à gagner encor que le vainqueur s'efforce.
Quel est le résultat ? Dépenser, égorger !

Mais, hélas ! en tous lieux règne la violence.
Et le faible opprimé n'a d'espoir qu'en la France.

Je porte, douce amie, en moi votre figure :
Je la vois tout le jour, je la revois la nuit :
Près de vous tout me rit, tout vit dans la nature :
Loin de vous je suis seul et rien ne me séduit.

Mais si vous plaisez tant, il faut aussi vous plaire ;
J'y voudrais réussir et n'ose l'espérer :
Je doute et souffre trop ; daignez ne plus vous taire ;
Dites si je dois fuir, ou bien persévérer.

Donnez-moi seulement en réponse un sourire :
Souriez, si je puis, par insigne faveur.
En osant vous aimer oser enfin le dire ;
Si je puis près de vous laisser battre mon cœur.

VARIÉTÉS

VARIÉTÉS.

I.

En mer, doubler un cap est œuvre difficile ;
Il faut beaucoup trimer et souvent louvoyer.
Heureux qui, tous les ans, dans Paris la grand'ville,
Double, sans échouer, le gros cap de janvier.

II.

À Énigmes

Waterloo ! c'est un nom qui se peut bien donner,
Et c'est le nom d'un pont : mais pourquoi se borner ?
Cherchons donc à quel pont, édifice ou fontaine,
On pourrait bien donner le nom de Sainte-Hélène.

III.

Dans le siècle dernier
Autant valait sa terre, autant valait un homme;
Aujourd'hui c'est tout comme,
Autant vaut la boutique, autant le boutiquier.

IV.

Dans un miroir, dans un dessin,
Nul ne trouve laid son visage :
D'un travers exposez l'image,
Chacun reconnaît son voisin.

V.

Au bord de la mer.

L'Océan chaque jour veut envahir la plage:
Repoussé chaque jour, il fuit en son rivage :
Belle, vers vous j'accours, empressé, chaque jour:
De même aussi je vois repousser mon amour.

VI.

Victorieux amour, on ne peut te dompter :
Ta passion nous prend et nous laisse sans arme.
En force avec le temps tu ne fais qu'augmenter :
Nul ne peut résister à l'objet qui le charme.

VII.

Nul obstacle n'arrête un amoureux délire.
Comme l'oiseau se rend au serpent qui l'attire.
Ainsi vers son idole un amant entraîné
En vain voudrait la fuir, et la suit enchaîné.

VIII.

Nos don Juans du jour, dans leurs diverses flammes.
Pour être conséquents ne font point grand effort :
Amants, ils sont légers, ils excusent les femmes :
Maris, ils sont jaloux, prêts à donner la mort.

IX.

Les lettres, la science, agents de gueuserie,
        Comme les arts, sont sans argent ;
Il n'est que le commerce, il n'est que l'industrie,
        Pour s'enrichir sans grand talent.

X.

Que l'on voit aujourd'hui de gens trop forts en gueule,
Tout fiers de vous lancer des mots grossiers et bas !
Ils ne sont courageux que dans l'injure seule :
Ce sont chiens aboyeurs, mais qui ne mordent pas.

XI.

        Des médecins on rit
        Trop souvent sans esprit :
        Bien portant, on s'en moque :
        Malade, on les invoque.

XII.

Guerre, art d'anéantir,
On te vante, on t'encense :
Mais pour l'art de guérir,
Raillerie ou silence.

XIII.

Vous, de la médecine
Qui niez le progrès,
Regardez la vaccine
Et niez son succès !

XIV.

Qu'un fleuve vers la mer roule sans grand détour,
Que des sables, des rocs, n'entravent point son cours,
Il ne déborde point, car rien ne le refoule :
Point de digue à cette eau qui largement s'écoule.
Ce fleuve est le progrès; coulant en liberté,
Il porte, fertilise; il inonde, arrêté.

XV.

Les partis sont à quatre
Qui veulent bien se battre.
Quand l'un des quatre a le dessus,
Les autres trois lui courent sus:
Raca! raca! lui disent-ils ensemble. —
Pauvres Français, que vous en semble?

XVI.

Tout fatigué, dans l'arène, un lutteur
De ses rivaux était resté vainqueur:
Lorsque soudain vient un nouvel athlète,
Qui, frais, dispos, à combattre s'apprête,
L'autre surpris, haletant, harassé,
Est, quoi qu'il fasse, aisément terrassé.
Le dernier, c'est l'Anglais; il prend part à l'affaire,
Quand il veut, quand blessé tombe son adversaire.

XVII.

La femme bien-aimée est un être idéal,
Déesse que l'on met sur un haut piédestal.
Mais plus vite avec elle en son ardeur on monte,
Plus le vertige est fort et plus la chute prompte. —
Si l'amour florissait parmi nous éternel,
Les anges, pour la terre, auraient quitté le ciel:
Mais l'amour n'est qu'un rêve et le réveil est rude.
Alors nous en sortons brisés de lassitude.

CANTATE.

Peuple Français, ô toi! peuple de braves.
Combats encor, il reste des esclaves:
De l'opprimé c'est toi l'unique espoir.
Sois toujours prêt au combat, au devoir.
Ne permets pas que la justice expire
En t'implorant; sous le nouvel empire
Que tes enfants fassent nouveaux efforts :
Mil huit cent quinze et ses traités sont morts.

REFRAIN.

Nouvelle gloire et nouvelle carrière
S'ouvrent pour toi, soldat libérateur:
A toi le faible adresse sa prière.
Allons combattre et vaincre l'oppresseur !

Ralliez-vous, ô peuples, à la France,

Pour conquérir à tous l'indépendance.

Belges et Grecs, Roumains, Italiens,

Si nos efforts ont brisé vos liens,

Enfants de France, imitez votre mère,

Et détruisons la servitude amère.

Soyons toujours, sans reproche et sans peur,

De l'opprimé les champions d'honneur.

Que l'aigle encor vole de ville en ville,

Mais pour briser tout emblème servile.

De toi le monde attend rédemption,

Peuple héros — ta révolution

Fera le tour de l'Europe asservie ;

Nouveau Messie, ouvre nouvelle vie.

Égalité, douce Fraternité,

Toi. Liberté, régnez, ô Trinité !

FIN.

PARIS. — J. CLAYE, IMPRIMEUR, RUE SAINT-BENOIT, 7.